La fée des greniers

© 2021 Ph. Aubert de Molay/Hispaniola Littératures

Édition : BoD - Books on Demand,
12/14 rond-point des Champs-Élysées, 75008 Paris
Impression : BoD - Books on Demand, Norderstedt, Allemagne

Chargée d'édition HL : Rose Evans

Collection 1 nouvelle

Photographie et illustration de couverture :

Morgane Aubielle et Lucas Aubert

ISBN : 978-2-3222-5042-4
Dépôt légal : Mai 2021

La fée des greniers

nouvelle

Philippe Aubert de Molay

HISPANIOLA LITTERATURES

Collection 1 nouvelle

La fée des greniers

Lui il dit ce n'est pas comme ça qu'on s'en sortira
Elle si c'est comme ça
Tu vois bien que non
Tu vois bien que si.

Et rien ne bouge
Deux bonnes semaines qu'ils en parlent.

Alors qu'est-ce qu'on fait ? il demande le lendemain
Le mieux serait de faire comme on a dit au départ tu savais que cela pouvait arriver
Non je préfère ma solution
Ta solution n'est pas une solution c'est plutôt un saut dans le vide elle s'énerve.

Pas quoi faire en fait je ne sais pas quoi faire il avoue tard le soir
Moi non plus en réalité elle murmure en regardant ses propres pieds comme si eux sauront quoi faire sauront l'emmener loin de tout ça. Puis ils font l'amour tristement.

Un problème d'une telle ampleur ils n'en ont jamais connu.

C'était voici quatre ans cinq mois vingt-et-un jours dix heures quarante-six minutes douze secondes : leur rencontre. Lui, il avait travaillé deux mois à mi-temps dans une usine de lait en poudre dans le Haut-Jura à Longchaumois puis un stage de carreleur sur Saint-Lupicin. La vie qu'il menait semblait n'être que la bande annonce de sa propre existence, rien en grand. La succession des jours. Ce qui est bien avec les nuits, c'est qu'on ne se rappelle pas grand-chose au matin. Les semaines se suivent avec souvent rien de spécial à faire. Alors les bois et les prés. Pour récolter des choses à vendre. Lorsque la rencontre s'est produite, il cherchait des salsifis des prés. Un nouveau restaurant végétarien de Saint-Claude était preneur. Le salsifis des prés (*Tragopogon pratensis*), également appelé Barbe de bouc, appartient à la famille des Astéracées comme son cousin le salsifis cultivé (*Tragopogon porrifolius*) dont les fleurs sont violettes et non jaunes. Il se rencontre un peu partout en Franche-Comté, surtout dans les prairies et sur les bords de chemins pas trop sulfatés. Son développement court sur deux années : la première année, il produit des feuilles et sa racine de réserve, puis la deuxième année, il fleurit. La rencontre est survenue dans la forêt du Massacre. La forêt du Massacre est située dans le Parc naturel régional du Haut-Jura.

La première rencontre c'était en décembre, lendemain de Noël. La racine se récolte à la fin de la première année avant le développement de la tige et des fleurs sinon elle devient ligneuse. Douce, tendre et sucrée, elle est coupée dans les salades, cuite à l'eau ou sautée à la poêle. En voyant cette jeune femme, il a cru que c'était une récolteuse de salsifis des prés. C'était voici quatre ans cinq mois vingt-et-un jours dix heures quarante-six minutes douze secondes que leur vie à tous deux a changé.

Elle avait dit bonjour je suis une fée. Et lui, il s'était surpris à penser tu peux bien être ce que tu veux du moment qu'on se parle un peu. En fait je parlerais bien avec toi pour le restant de mes jours. Comment ça vous êtes une fée ?

— Oui une fée. Une vouivre si on préfère.
— La fée Clochette, genre ?
— Si vous voulez. Mais les vraies fées comme moi sont des êtres un peu plus complexes que ce personnage de fiction.

Il n'avait pas su quoi dire, il faisait un peu frais, le ciel d'un bleu laineux surplombait la clairière comme un décor de dessin animé bien colorié. Une fée c'était raccord. Alors il avait parlé des salsifis des prés. Le salsifis des prés est peu calorique (82 kcal/100 g) car riche en eau. Il contient –surtout au niveau des racines – des glucides et un peu de protides, du potassium, du phosphore, du calcium, du magnésium, du sodium ainsi que des vitamines A, B1, B2, BK, PP, C. La beauté de cette fille. Jamais vu des yeux pareils. Dorés et gris, comme une sorte de marqueterie d'un beau meuble il s'était surpris à penser – drôle d'idée car la belle ne semblait pas de bois. Souriante. Mais sans que nul signe n'accompagne cela, on sentait bientôt de l'inquiétude surgir de nulle part, submerger chacun de ses gestes chaque pensée chaque mot, comme si la nature des choses ne pouvait conduire qu'à un drame. Le salsifis des prés a des vertus médicinales, il est antioxydant, dépuratif, diurétique, apéritif, stomachique, pectoral, sudorifique et stimulant.

— D'accord, elle avait dit. Je vois que j'ai affaire à un vrai botaniste.

Il gardait un petit livre dans son sac à dos. Il l'a sorti. *Des plantes sauvages dans mon assiette* Caroline Calendula et Emilie Cuissard, éditions Larousse 64 pages 5,95 €. Et il a lu : recette de poêlée de boutons floraux de salsifis des prés :
2 gros bols de boutons floraux de salsifis des prés
1 cuillère à soupe d'huile d'olive
sauce soja tamari-shōyu ou accompagnement à la mauve de Sosonie (*Malva sylvestris subsp. erecta sosonia,* nomenclature botanique de Presl / Nyman / Saint-Lothain 1878)
Faire sauter les boutons floraux de salsifis des prés dans une poêle avec l'huile d'olive, durant 5 mn de sorte qu'ils soient, à la fois, moelleux et croquants à l'intérieur.

Pour finir, déglacer avec un peu de sauce et servir comme légume ou juste pour grignoter à l'apéritif.

— Ce doit être bon.
— Tenez je vous offre ce livre, c'est pas grand-chose. Comme ça vous pourrez découvrir des recettes avec les plantes sauvages du coin.
— Merci mais non. Je ne sais pas lire. Ou alors pour les images.
— Vous ne savez pas… lire ?
— Pas cette langue en tout cas. Pas le français.

Cinq ou six corbeaux tournoient au-dessus de la clairière. Danse noire d'inspection.

— Pas le français ?
— Pas les langues humaines. J'en ai appris deux ou trois à l'école mais j'ai oublié. Ne pourrais écrire que quelques mots agréables comme *firmament, futaie, étang, thunderstorm, Schneefall, lunaison*, ce genre-là. *Luciole* aussi. *Luciole* c'est beau à prononcer, on dirait le prénom de quelqu'un qu'on aime
— Pas les… langues humaines ?
— Vous répétez systématiquement ce que je dis ? C'est un jeu ? Oui pas les langues humaines. En revanche je lis couramment les seize langues féériques et entend les quarante-neuf mille six cent vingt-deux langues animales. J'ai un peu de mal avec les complexes langues renardes et leur graphie en rosée du matin mais ça va je me débrouille

— Les… langues renardes et leur graphie en rosée du matin ?
— Pas comme votre langue avec des systèmes de signes visibles, tracés, représentant le langage parlé. Mais avec la gestuelle ou avec les sautes de vent dans les feuillages. L'oiseau écrit son vol par exemple. Et pour les sautes de vent dans les feuillages, il existe autant de langues que d'essences végétales.

Il ne savait que penser. Une personne déséquilibrée ? (comme si l'équilibre était préférable. L'équilibre entre quoi et quoi ?) Une…vouivre ? Une humoriste ? Le formateur durant le stage de carrelage s'était comporté de la sorte : on ne savait jamais s'il plaisantait ou non. Mesures de précision, découpe des carreaux et pose, petits travaux de maçonnerie pour la préparation du support sur lequel sera installé le revêtement, façonnage d'une chape pour éviter les infiltrations d'eau, il plaisantait. Il plaisantait tout le temps.

Ils ont décidé de se revoir. Avant de se quitter, il lui a lu (en langue humaine donc) un extrait du petit livre : *L'inflorescence jaune vif en capitule du salsifis des prés est, comme chez le pissenlit, un ensemble de fleurs plates ligulées dont chaque " pétale " est en réalité une fleur. La floraison est de courte durée dans la journée, uniquement lorsque le soleil est au zénith.*

Mais comment se retrouver ? il a demandé à la fée. Elle a répondu que ce ne serait pas difficile, elle avait « lu » son adresse dans sa gestuelle, elle saurait aller chez lui.

Bonne vente de salsifis des prés au restaurant végétarien. Il pensait constamment à elle. Retournait sur place mais pas de nouveau tête-à-tête. Ses yeux dorés. Une fée ? Elle s'était bien moquée de lui. Un mois après, tard le soir, c'était un dimanche et il jouait en réseau à League of Legends (abrégé LoL). Anciennement nommé League of Legends/Clash of Fates est un jeu vidéo de type arène de bataille en ligne (MOBA) gratuit développé et édité par Riot Games sur Windows et Mac OS X1. Il était près de deux heures du matin et voilà qu'elle sonnait à sa porte, il avait vu son beau visage dans le visiophone. La fée/vouivre. Venue pour s'installer chez lui.

Bien sûr en vivant avec elle, il a compris que son monde est un monde ancien, plus ancien qu'il n'y paraît. Et que ce présent où l'on se croit heureux grâce à ces containers d'objets en provenance d'Asie est pathétique. Mais c'est difficile de voir ses repères s'effondrer à ce point. Alors plusieurs mois plus tard, il avait osé demandé on va où avec cette histoire de fées ? tu es sûre que tu vas bien ? qu'il n'y a pas un problème ? de secte ? c'est ça j'ai tapé dans le mille tu as grandis dans une secte et tu t'es enfuie ? Ils sont à tes trousses ?

Ou bien c'est une affaire de perception altérée de la réalité ? une sorte de maladie ? je suis certain qu'on peut te soigner t'inquiète pas. Mais elle souriait c'est tout. Mon Dieu ses yeux dorés cette beauté. Je pourrais m'évanouir overdosé de beauté lorsque je la regarde. C'est comme la nuit d'été le vaste ciel.

Au fond il était d'accord pour s'arranger avec cette *réalité*. C'était largement faisable dans un monde où désormais et dans la plupart des grandes villes d'Europe, moyennant quelques centaines d'euros, vous pouviez extérioriser vos frustrations et pulsions destructrices en toute légalité, en allant saccager une chambre remplie d'objets à détruire rien que pour vous, à coups de batte de baseball (ou de pelle à neige si vous préfériez. Recyclage des pelles à neige vu qu'il n'y avait pratiquement plus de neige nulle part). Objets qu'on vous avait certainement fait désirer un jour d'ailleurs. Pour 30,00 € supplémentaires vous repartiriez avec un set de 10 photographies de la chambre dévastée. Pour 125,00 € ce serait (en format pro série-tv normes ISO 9004) la vidéo de votre grosse colère filmée en live et montée comme un teaser de série tv (Dégomming© *Une pause à tout casser ! Amsterdam Berlin Paris Milan Barcelone Budapest*). Alors dans ces conditions pourquoi ne pas vivre une histoire d'amour avec une fée ? Tout est possible aujourd'hui paraît-il.

La potentialité de la société actuelle est insondable.

Elle aimait passer du temps inactive dans les greniers. En contemplation. Ce sont des lieux mystiques, j'ai appris. Parfois on se faufilait chez des gens et on restait six heures dans leur grenier sans faire de bruit sans bouger une oreille. On ne faisait rien de mal, on ne touchait à rien, on n'emportait rien, on était comme dans une chapelle. Tu es une partie du silence, elle babillait en me regardant d'un air douloureusement sérieux. Un grenier est un lieu où attendre, m'enseignait-elle. Dans le calme d'une petite quantité de soleil et là on voit la poussière insonore tourbillonner comme si elle avait fait ça toute sa vie c'est magnifique. Dans le tout petit clocher de l'église de Bois-d'Amont, elle avait porté à ma connaissance qu'une vingtaine de fées vivaient encore en Bretagne, moins de dix dans les Vosges, huit dans les Alpes et quatre-vingts dans le Jura, leur terre natale. Une bonne centaine au total pour la France. Médiévalement nous étions plusieurs millions, elle avait précisé. Et nous assumions à l'époque notre rôle premier, ce pourquoi nous existons : chanter les arbres. Mais là elle n'avait pas voulu m'en dire plus, je t'expliquerai plus tard ce qu'est cette complexe cérémonie du chanter d'arbres. Au XVe siècle, la fée vivait encore partout en France, en plaine comme en montagne. Puis le déboisement méthodique et la pollution visuelle et sonore, l'occupation de ses territoires l'ont cantonnée progressivement dans les massifs montagneux.

Au milieu du XVIIᵉ siècle, la fée disparaît de Bourgogne, de Lorraine, de Savoie, d'Alsace. À la fin du XIXᵉ siècle, elle s'éteint en Auvergne, dans les Ardennes, en Provence et en Corse. Elle résiste un peu plus longtemps aux Antilles et dans les Alpes (une fée tuée dans un grenier en 1928 dans le Queyras). Dans les Pyrénées, la dernière capture authentifiée date de 1888 (Pyrénées-Orientales), un cirque allemand a acheté cette petite vouivre timide et elle est morte en 1891 à Wroclaw, Silésie, Pologne lors d'une dernière tentative d'évasion. Ce serait trop long à expliquer mais un monde qui ne chante plus les arbres, il va mourir. Il trouve la mort.

La nuit on parlait au lit. Elle s'inquiétait de l'aveuglement de l'humanité devant les souffrances de la nature. Cette dernière allait se rebeller comme l'annonçaient certains groupes d'activistes écologistes moqués par la plupart des gens. Une fois elle m'a raconté : la scène s'est produite au parc national Yellowstone, États-Unis. Une cinquantaine de touristes se sont approchés à environ cinq mètres d'un bison, le groupe restant là durant près de dix minutes en produisant un bruit conséquent – rires cris interpellations – sans compter les gestes brusques, les selfies. Pendant tout ce temps, l'animal est resté calme. Puis, soudain, il a chargé. Melody Lessing, une fillette âgée de 8 ans originaire de Newport dans le Vermont n'a pas eu le temps de s'écarter et a été percutée violemment par la bête puissante comme une automobile. Panique.

L'enfant a volé dans les airs avant de retomber au sol. On peut voir la scène sur YouTube. La victime a été transportée aux urgences de l'hôpital Sylvie Jewell Wolfs de Billings, Montana. Par miracle, elle s'en est sortie avec des blessures légères et a pu quitter l'hôpital rapidement. Il faut rester à plus de trente mètres de tous les grands animaux – les bisons, les élans, les mouflons d'Amérique, les cerfs, les coyotes – et à au moins cent mètres des ours, des fées et des loups ont tenu à rappeler les responsables du parc dans un communiqué de presse. L'action du bison est à coup sûr l'expression de l'irritation de ce *Quelque Chose qui approche*, auquel l'humanité refuse de s'intéresser mais il faudra bien faire face un jour à ce *Quelque Chose* (que l'on doit écrire avec des majuscules car c'est une personne ou une assemblée de personnes, des esprits d'après ma vouivre si j'ai bien compris). Je la voyais parfois se mettre en colère. Cette histoire au zoo de Berlin par exemple. Un rhinocéros avait été tagué dernièrement. C'était une publicité pour une nouvelle marque de baskets. Elle avait rugi – et elle pleurait en même temps – maintenant ça tague les rhinocéros quand tu crois que l'humanité a touché le fond t'en trouve toujours avec une pelle qui creusent encore plus profond.

Taguer
Un
Animal

Mais d'où tu te lèves un matin quand tu es publicitaire ou fabriquant de smartphones 5G qui pourrissent tout avec leurs ondes ou de baskets rouges fluo merdiques vendues une fortune aux suiveurs moyens en te disant tiens si j'allais au zoo taguer un rhinocéros ?

Et ils faisaient l'amour pour se consoler mutuellement de devoir vivre dans ce monde horrible qui ne changerait jamais à moins d'une catastrophe plus horrible encore. L'amour avec elle c'était de la lumière. La plupart des filles qu'il avait connues, ça prenait une heure pour ne pas démarrer puis une bonne demi-heure pour ne pas finir. Quel ennui. Avec elle, c'était comme de danser dans ses propres pensées, comme d'être dans un grenier.

Mais il se rend compte avec effroi qu'aujourd'hui la situation est grave. Quatre ans cinq mois vingt-et-un jours dix heures une poignée de minutes et de secondes de bonheur pour en arriver là.

Lui il dit ce n'est pas comme ça qu'on s'en sortira
Elle, si c'est comme ça que veux-tu que je fasse d'autre
Tu vois bien que ce n'est pas bon pour nous
Tu vois bien que je n'ai pas le choix.

Et rien ne bouge car ils sont indécis ils repoussent la séparation au plus loin que possible.

Alors qu'est-ce qu'on fait ? il demande le lendemain
Le mieux serait de faire comme on a dit au départ tu savais que c'était la règle du jeu je ne t'avais rien caché j'en souffre autant que toi sinon plus
Non c'est moi qui t'aime le plus ma fée ma vouivre
Non c'est moi qui t'aime le plus mon humain.

Je dois agir. Je dois te quitter elle dit
Non je préfère ma solution je préfère partir là-bas avec toi là-bas dans la forêt il répond
Ta solution n'est pas une solution c'est plutôt un saut dans le vide, tu ne peux pas vivre comme nous les fées
Mais toi regarde tu vis bien comme moi
C'est pas pareil
Écoute je serai nettoyeur de piscines pour les belles résidences secondaires des citadins je trouverai une solution nous n'aurons plus de problèmes d'argent je tondrai leurs pelouses je ferai le ménage après leurs fêtes ou bien je les cambriolerai pour aller plus vite
Non ce n'est pas une question d'argent tu le sais bien.

Pas quoi faire en fait je ne sais pas quoi faire, il avoue au beau milieu de la nuit et il pleure soudain à chaudes larmes car il comprend qu'elle doit retourner chez elle.

La séparation.

Moi non plus en réalité je ne sais pas quoi faire elle murmure incapable de trouver le sommeil en regardant ses propres pieds comme si ces derniers pouvaient – eux – savoir quoi faire, sauraient l'emmener loin de tout ça (si possible avec lui oui si possible avec lui lui lui).

Restons ensemble surtout restons ensemble il supplie il supplie.

Je voudrais bien c'est ce que je souhaite de tout mon cœur tu le sais mais je suis enceinte et je dois rentrer au Massacre mettre notre enfant au monde. Il sera fée. Tu es un être humain et seules les fées peuvent vivre là-bas tu mourrais en quelques jours si tu m'accompagnais tu n'imagines pas notre mode de vie auprès des bêtes sauvages, dans les arbres et sous terre, près des sources cachées, dans les greniers aussi tandis que menacent les tronçonneuses et rugissent férocement les armées de quads comprends-moi essaie au moins je dois partir je ne t'oublierai pas mais je ne veux pas que tu meures et notre enfant doit naître là-bas chez lui c'est comme ça c'est la marche du monde alors écoute je t'en supplie laisse-moi partir seule laisse-moi partir seule mon amour. Mon amour.

(*La fée des greniers*, 2020. Nouvelle publiée en avant-première sous le titre *La fée des greniers* in *Les fleurs*, recueil du Prix Pampelune 2021, Pascale Leconte éditions/BoD ; sous le titre *Forêt du Massacre* in *Sapin président*, Hispaniola Littératures/BoD, 2021 ; sous le titre *La fée des greniers* in *Dévotions, bénédictions et louanges aux fééries*, Le Lapin à Métaux, 2021 ; sous le titre *La fée des greniers* in *Douce extinction intégrale*, Actes Rudes, 2021 ; sous le titre *La fée des greniers* in *Petit traité de sorcellerie et d'écologie radicale de combat,* Hispaniola Littératures/BoD, 2021).

Avec le soutien de Rose Evans, Olivier Millet (*Hispaniola Littératures*) / Ludmilla de Monfreid et Zoé Agbodrafo (*Totemik CrowFox*) / **Merci** à Marie Doré, Julia Woolf et Sébastien Breton (*Lapin à Métaux*) ; Pascale Leconte et l'équipe du Prix Pampelune ; Laurent Battistini, Piotr Bish et Aksana Lydia Oulitskaïa (*Neness Danger*) ; Daisy Beline et Rudy Ruden (*Actes Rudes*) ; Astrid Laramie, Olivier Bastille de Gouges et Paul Astapovo (*Fondation Carlota Moonchou*); Bob Collodi et Maria Quiroga *(Académie royale des littératures Orélides)* ; Morgane Aubielle, Ludivine Rastapopoulos, Lucas Aubert, Karma Ripui-Nissi, Karl Bilke, Marcelle Thielley, Elise Parmentier, Monique Mouffetard, Carine Racine, Myriam Guillaume, Fernande Boichut, Alphonsine et Francis Montant, Yvonne et Urbain Boichut / **La fée des greniers** / Éditrice : Rose Evans / Photographie et illustration de couverture : Morgane Aubielle (recto) et Lucas Aubert (verso) / Mise en pages : Ludmilla de Monfreid / Dépôt légal mai 2021 / ISBN 9782322250424 / Imprimé en Allemagne / www bod.fr / www. aubert2molay.vpweb.fr / © Ph.A2M, 2021 © Hispaniola Littératures, 2021 /

www. aubert2molay.vpweb.fr

**du même auteur chez Hispaniola Littératures,
disponible en librairie et sur le site BoD**

Collection L'Inimaginée
(Littérature de l'imaginaire)
-PETIT TRAITE DE SORCELLERIE ET D'ECOLOGIE RADICALE DE COMBAT
-DOULEUR FANTÔME

Collection L'imaginable
(Littérature blanche)
-SAPIN PRESIDENT

Collection 1 nouvelle
-TOUTE PETITE FILLE DES DRAGONS
-SUPERETTE
-LA HAUTEUR
-LA MORT DE GREG NEWMAN
-DIX ANS AVANT LA NUIT
-SELON LA LEGENDE
-S'ENFERMER DANS UNE CABANE ET ECRIRE
-EN MARCHE
-LECON DE TENEBRES
-L'HIVER 1877 DE MISS EMILY DICKINSON
- LA ROUSSEUR DU RENARD
-TECHNIQUES DE VOL HUMAIN EN CIEL NOCTURNE
-LA FEE DES GRENIERS
-ROUTE DU GRAND CONTOUR
-LE DOCUMENT BK 31
-LA REPUBLIQUE ABSOLUE
-LA BONNE LONGUEUR DE MECHE
-KANSAS ET ARKANSAS

Collection 1 nouvelle